La rivière à l'envers - Tomek

FichesdeLecture.com

La rivière à l'envers - Tomek (Fiche de lecture)

I. INTRODUCTION

La rivière à l'envers est un roman de Jean-Claude Mourlevat. Le premier volume de ces aventures s'appelle *Tomek*.

Jean-Claude Mourlevat est un écrivain français qui a également eu pour passion le théâtre, puisqu'il a été acteur, formateur et metteur en scène. Aujourd'hui, il se consacre surtout à l'écriture de romans (tant pour adultes que pour enfants) et de traductions.

La première partie de *la Rivière à l'envers, Tomek,* est parue en 2000. Deux ans plus tard, *Hannah* est venue lui faire suite.

II. RÉSUMÉ DU ROMAN

Chapitre 1 : Les oiseaux de passage

Dans son épicerie de village, le jeune Tomek vend de tout. Il est bien intégré dans sa communauté, mais rêve de partir en voyage, notamment lorsqu'il voit les oiseaux migrateurs passer. Mais il ne veut pas trahir les siens et pense que son ennui va partir comme il était venu. Un soir d'été, une jolie jeune fille vient lui acheter un sucre d'orge. Elle recherche de l'eau de la rivière Qjar, qui empêche de mourir, mais Tomek ne connaît pas et ne peut pas lui en donner... Elle repart donc.

Chapitre 2 : Grand-père Icham

Tomek s'en veut d'avoir accepté le sou de la jeune fille, mais il est trop tard. Où s'en est-elle allée ? Il questionne son vieil ami (« grand-père ») Icham, l'écrivain public, et lui explique la situation. Icham sourit : serait-il amoureux ? En tout cas, personne n'a jamais réussi à ramener de l'eau de la rivière Qjar.

Chapitre 3 : Le départ

Tomek part à l'aube, muni de quelques objets (un couteau à ours, une poche avec le sou de la jeune fille…). Il laisse une lettre d'explications à Icham et s'en va vers le Sud. À l'approche d'une immense forêt, il se couche et s'endort.

Chapitre 4 : La forêt de l'oubli

Il rencontre Marie et son âne Cadichon. Elle lui explique que quiconque rentre dans cette forêt sort de notre mémoire tant qu'ils y s'y trouve.

Chapitre 5 : Marie

Marie lui propose de faire la traversée ensemble. Elle lui raconte son histoire.

Chapitre 6 : les ours

Ils rencontrent des ours gigantesques dans la forêt, et ne peuvent bouger, de peur d'être entendus et tués. Ils attendent donc puis repartent. Tomek est inquiet, car ils ont entendu un cri qui pourrait être celui de la jeune fille. Mais comme il repense à elle, cela signifie qu'elle est sortie de la forêt.

Chapitre 7 : La prairie

Marie et Tomek se rendent sur la tombe de Pitt, l'ancien mari de Marie. Puis Tomek part seul pour traverser l'immense et magnifique prairie. Il faut prendre garde à ne pas respirer ses fleurs, car elles provoquent des hallucinations. En tout cas, il a un an pour revenir au même endroit retrouver Marie s'il le souhaite, lorsqu'elle reviendra. Tomek s'endort sous les effets d'une fleur.

Chapitre 8 : Les mots qui réveillent

Tomek se réveille dans le village des Parfumeurs, dont le chef est Eztergom. Ils ont trouvé les « mots qui réveillent » qui lui conviennent, « sous le ventre du crocodile ». Tomek a dormi 3 mois et 10 jours. Il apprend que la jeune fille (qui s'appelle Hannah) est aussi passée par le village pour y être réveillée après la traversée de la prairie. Lorsque l'on s'endort ainsi, les habitants se relaient des jours et des mois pour lire au chevet de la personne et trouver les mots qui vont la réveiller. Pour Hannah, c'est « il était une fois ».

Chapitre 9

Hannah lui a laissé une lettre, qu'il lit pendant la nuit. Elle lui raconte son histoire et avoue qu'elle cherche de l'eau de Qjar pour empêcher sa petite passerine de mourir.

Chapitre 10 : Pépigom

Tomek visite la parfumerie, où il rencontre la jeune Pépigom, qui maîtrise parfaitement les parfums. Elle en crée d'incroyables, comme le « mariage sur la colline ». Les festins au village s'enchaînent, et la Fête du réveil célèbre le dormeur et l'enfant qui l'a réveillé.

Chapitre 11 : la Neige

La neige bloque le village. Tomek, attristé, apprend qu'il devra attendre quatre mois pour que le printemps revienne et qu'il puisse partir. Mais finalement, le temps passe vite et il se lie d'amitié avec les gens. Un jour, on lui présente le capitaine Bastibalagom : si Tomek est prêt à en prendre le risque, il pourra s'embarquer avec lui pour traverser l'Océan sur la *Vaillante.* Mais de nombreux navires disparaissent en raison de mystérieux « Arcs-en-ciel » qui les attirent.

Chapitre 12 : Bastibal

Pendant la traversée, Bastibalagom lui raconte l'histoire de sa vie. Puis un arc-en-ciel attire le bateau : l'équipage se serre les coudes et décide d'y aller ensemble.

Chapitre 13 : L'île inexistante

Après être passés sous l'arc-en-ciel, les voyageurs échouent sur une île féérique, minuscule, mais très belle et accueillante. La surprise est immense : tous les bateaux des Parfumeurs disparus depuis des années sont ici ! Les retrouvailles sont émouvantes. Hélas, Tomek apprend que l'on ne repart jamais de cette île.

Chapitre 14 : Une devinette

Tomek décide de partir seul affronter l'obstacle qui empêche tout le monde de repartir. Il navigue jusqu'à l'arc-en-ciel et affronte une vieille femme horrible à voir, qui se balance sur une balançoire géante accrochée à l'arc-en-ciel ; Tomek répond bien à l'énigme et l'île est délivrée. La question est la suivante : « Nous sommes sœurs, aussi fragiles que les ailes du papillon, mais nous pouvons faire disparaître le monde. Qui sommes nous ? ». Il s'agit des paupières.

Chapitre 15 : La falaise

Tomek quitte l'île vers de nouveaux rivages. Il quitte l'équipage et longe une falaise. IL découvre de nouveaux fruits, des plantes étranges et magnifiques, de curieux animaux… puis la rivière Qjar.

Chapitre 16 : La rivière

Tomek s'embarque sur la rivière sur un bateau improvisé. Il tombe sur une chute d'eau qui remonte contre la montagne, à l'envers… Hannah le rejoint soudain, accompagnée de Podcol, un ours qui la suit depuis quelque temps. Il est très heureux. Ils veulent désormais s'attaquer à la Montagne sacrée.

Chapitre 17 : La montagne sacrée

La rivière est de plus en plus difficile à suivre, car elle diminue jusqu'à n'être plus qu'un filet d'eau dans la montagne. Grâce à l'aide de Podcol, ils parviennent jusqu'au sommet, jusqu'au creux d'une pierre, là où se termine la rivière Qjar et l'eau qui empêche de mourir. Mais on ne peut en prendre qu'une goutte. Hannah en prend une pour sa passerine ; Tomek la laisse faire.

Chapitre 18 : le retour

Tomek et Hannah font ensemble tout le trajet du retour, en retrouvant à chaque étape les personnages que Tomek avait rencontrés sur la route. Tomek retrouve Icham : le vieil homme le rassure en disant qu'il n'aurait pas voulu de l'eau qui fait vivre éternellement.

Épilogue

Hannah revient trois semaines plus tard avec son oiseau. Ils décident de rester ensemble désormais…

III. PRÉSENTATION DES PERSONNAGES

Tomek

Tomek est le héros de ce volume. C'est un jeune garçon de 13 ans, orphelin, qui tient une épicerie dans un petit village. Il rêve de partir pour explorer le monde, mais ne veut pas faire de peine aux habitants et à ceux qu'il aime, en particulier le vieil Icham, qu'il considère comme son grand-père.

Il tombe immédiatement sous le charme de Hannah. Tout au long du voyage, Tomek va faire preuve d'une grande détermination et de courage.

Hannah

Hannah a presque le même âge que Tomek. Elle aussi est courageuse. C'est une jeune fille brune qui part pour sauver son oiseau. Elle était très proche de son père, qui lui a tout sacrifié.

Icham

Le « grand-père » de Tomek est en fait son meilleur ami dans le village. C'est un vieil homme qui passe le plus clair de son temps sur une petite estrade, car il est écrivain public. Il adore les friandises que Tomek lui amène de son épicerie. Il lui donne des conseils et lui explique à la fin qu'il ne veut pas vivre éternellement.

Marie et Cadichon

Marie est la première alliée de Tomek durant son voyage. Gaie, assez grosse et de petite taille, elle lui raconte sa vie et comment elle a perdu son mari. Elle emmène Tomek avec elle pour traverser la forêt de l'oubli, remplie d'ours, car elle est habituée à ce voyage.

Elle aime chanter à tue-tête. Son âne s'appelle Cadichon, il est borgne et « pète » sans arrêt, mais sait se montrer silencieux lorsque des ours géants paraissent.

Bastibalagom

Bastibalagom est le capitaine qui emmène Tomek avec son équipage pour traverser les mers. Tomek apprend qu'à l'origine, c'était un jeune voyou qui ne faisait pas partie du Village des Parfumeurs.

Pépigom

Pépigom, malgré son jeune âge (14 ans), est une jeune fille du village des parfumeurs experte dans les parfums. Elle en crée de magnifiques, dont un qu'elle offre à Tomek. Elle aimerait bien que ce dernier reste avec elle… Mais même lorsqu'il décide de partir, elle le soutient avec le sourire.

Eztergom

Il est le chef du village des Parfumeurs.

La sorcière

La sorcière est une vieille femme sur une balançoire géante accrochée à l'arc-en-ciel. Elle fait couler les bateaux qui tentent de quitter l'île. Elle est atrocement laide, très maigre et a des ongles noirs. Elle est habillée comme une enfant, ce qu'elle redevient dès lros que Tomek parvient à répondre à son énigme. L'île est alors délivrée.

IV. AXES DE LECTURE DU ROMAN

Le parcours initiatique de Tomek

Le livre raconte en fait la quête de Tomek, qui est double : retrouver Hannah en partant à la recherche de la rivière Qjar, mais aussi réaliser son rêve en partant voyager et en étant capable de laisser derrière lui la petite épicerie et le village qui lui tiennent tant à cœur.

Comme dans un conte, Tomek va traverser une série de lieux merveilleux et surprenants :

- la forêt de l'Oubli (toute personne y entrant est oubliée du monde extérieur)
- la prairie (dont les parfums enivrants peuvent perdre une personne)
- le village des Parfumeurs
- l'océan puis l'arrivée sur l'Ile Inexistante (dont on ne peut jamais sortir)
- la falaise et la rivière jusqu'à la Montagne Sacrée
- la fin de la rivière Qjar
... puis le chemin retour.

On peut considérer que Tomek revient grandi de cette quête, ce qui fait penser à un roman d'apprentissage. En effet, Icham est surpris de le voir tellement changé lorsqu'il revient au village. Il est devenu un homme.

L'amour entre deux jeunes gens

Dès sa première rencontre avec Hannah, Tomek tombe amoureux de la jeune fille. Il pense à elle tout au long de son périple, et leurs retrouvailles marqueront le début d'une longue histoire... d'amour ? Le tome 2, Hannah, nous parlera peut-être de la suite des évènements, après leur retour commun et l'installation au village de Tomek...

L'eau de la rivière Qjar et l'immortalité

« Ainsi vous avez tout dans votre magasin ? demanda la jeune fille. Vraiment tout ? Tomek se trouva un peu embarrassé : Oui...enfin tout le nécessaire... »

« Alors, dit la petite voix fragile, alors vous aurez peut-être ...de l'eau de la rivière Qjar ? »

Tomek ignorait ce qu'était cette eau, et la jeune fille le vit bien : « C'est l'eau qui empêche de mourir, vous ne le saviez pas ? »

Ce premier échange présente pour la première fois la propriété fabuleuse de l'eau de la rivière Qjar : l'immortalité.

À la fin de l'aventure, on s'aperçoit que les deux jeunes héros finiront par en prendre une goutte pour la passerine de Hannah, mais rien de plus. Tomek réfléchit au fait de vivre éternellement : est-ce vraiment souhaitable ? Icham lui confirmera que ce n'était pas sa volonté.

Ce roman permet donc de réfléchir à la question de la vie, de la vieillesse puis de la mort, mais en toute sérénité.

Dans la même collection en numérique

Escadrille 80
Inconnu à cette adresse
La controverse de Valladolid
Les Vilains petits canards
Une partie de campagne
Cahier d'un retour au pays natal
Dora Bruder
L'Enfant et la rivière
Moderato Cantabile
Alice au pays des merveilles
Le faucon déniché
Une vie
Chronique des Indiens Guayaki
Je voudrais que quelqu'un m'attende quelque part
La nuit de Valognes
Œdipe
Disparition Programmée
Education européenne
L'auberge rouge
L'Illiade
Le voyage de Monsieur Perrichon
Lucrèce Borgia
Paul et Virginie
Ursule Mirouët
Discours sur les fondements de l'inégalité
L'adversaire
La petite Fadette
La prochaine fois
Le blé en herbe
Le Mystère de la Chambre Jaune
Les Hauts des Hurlevent
Les perses
Mondo et autres histoires
Vingt mille lieues sous les mers
99 francs
Arria Marcella
Chante Luna

Emile, ou de l'éducation

Histoires extraordinaires

L'homme invisible

La bibliothécaire

La cicatrice

La croix des pauvres

La fille du capitaine

Le Crime de l'Orient-Express

Le Faucon malté

Le hussard sur le toit

Le Livre dont vous êtes la victime

Les cinq écus de Bretagne

No pasarán, le jeu

Quand j'avais cinq ans je m'ai tué

Si tu veux être mon amie

Tristan et Iseult

Une bouteille dans la mer de Gaza

Cent ans de solitude

Contes à l'envers

Contes et nouvelles en vers

Dalva

Jean de Florette

L'homme qui voulait être heureux

L'île mystérieuse

La Dame aux camélias

La petite sirène

La planète des singes

La Religieuse

À propos de la collection

La série FichesdeLecture.com offre des contenus éducatifs aux étudiants et aux professeurs tels que : des résumés, des analyses littéraires, des questionnaires et des commentaires sur la littérature moderne et classique. Nos documents sont prévus comme des compléments à la lecture des oeuvres originales et aide les étudiants à comprendre la littérature.

Fondé en 2001, notre site FichesdeLectures.com s'est développé très rapidement et propose désormais plus de 2500 documents directement téléchargeables en ligne, devenant ainsi le premier site d'analyses littéraires en ligne de langue française.

FichesdeLecture est partenaire du Ministère de l'Education du Luxembourg depuis 2009.

Plus d'informations sur www.fichesdelecture.com

Notes :